Un Matin de Printemps

UN MATIN
DE PRINTEMPS,
POËME;

Par JEAN-BAPTISTE DAUMIER.

DE L'IMPRIMERIE ROYALE.

À PARIS,
Chez l'AUTEUR, rue de l'Hirondelle, n.° 24, et
chez tous les Marchands de Nouveautés.

1815.

PRÉFACE.

Au milieu des circonstances politiques dont l'intérêt majeur absorbe l'attention des Français, et les rend indifférens au culte des Muses, j'ose publier un poëme dont le faible mérite est, sans doute, peu propre à ranimer le goût des vers; cependant, la position personnelle où je me trouve, me faisait une loi de ne point laisser cet opuscule inédit.

Étranger aux lettres par mon éducation, mon état et mes habitudes (*), je leur consacrai néanmoins les loisirs que je pouvais dérober à ma mauvaise fortune. La poésie fut donc pour moi un instinct naturel : comme un rayon consolateur, elle égaya l'obscurité

(*) L'auteur n'a point fait d'études; il a exercé la profession de vitrier jusqu'à son départ de Marseille.

de ma vie, et me donna la force de supporter d'ingrats labeurs peu compatibles avec les travaux littéraires. Mais, si jadis le menuisier de Nevers trouva des lecteurs et des Mécènes, si l'Angleterre encouragea plusieurs artistes devenus poëtes, et notamment le cordonnier Bloomfield, à qui nous devons le poëme du *Valet du Fermier,* je n'aurai plus, pour avoir droit aux mêmes suffrages, qu'à invoquer la Muse qui daigna sourire à ces enfans de la nature.

Plusieurs littérateurs de Marseille, ma patrie, écoutant mes essais, peut-être avec trop d'indulgence, crurent, en me pressant de venir dans la capitale des beaux-arts, m'ouvrir le chemin des succès. Je suivis l'illusion qu'ils faisaient briller à mes yeux; mais la littérature, dont l'oubli presque total est incontestable depuis plusieurs années, et sur-tout dans le moment actuel, est une espèce de langue morte que le temps et le repos public pourraient seuls ressusciter. Cependant, pourquoi me plaindrais-je? Je dois déjà à la lecture de quelques-uns de mes manuscrits les marques de bienveillance dont m'ont honoré des personnes recommandables : elles ont daigné trouver quelque mérite dans les compositions que l'état de l'auteur rendait pour elles plus piquantes et plus curieuses ; elles voulurent bien m'admettre à lire mes vers dans des cercles nombreux , où se trouvèrent réunis des hommes connus par leur rang élevé, leur goût ou leur talent. Nommer ces personnes, ce serait offrir au public une garantie suffisante des faits dont je l'entretiens ; et ce n'est qu'avec respect et reconnaissance que j'oserai citer entre autres Mme la princesse de Rohan-Rochefort, M. le duc d'Havré, M. le baron de Balainvilliers, conseiller d'état, le prince de Hesse-Darmstadt, le commodore Sidney-Smith, M. de Marchangy, premier avocat du Roi, et auteur de *la Gaule poétique*, M. le chevalier Alexandre Lenoir, administrateur du musée royal, M. de Feraudy, chevalier de S. Louis, colonel du génie, et M. Anisson-Duperon, directeur de l'imprimerie royale, à qui je dois la publication gratuite de cet ouvrage.

Je pense qu'il n'est pas inutile de prévenir le lecteur que la partie descriptive de ce petit poëme n'est presque relative qu'aux lieux où je place la scène de mon sujet, c'est-à-dire, à la Provence, et plus particulièrement aux environs de Marseille; et que la peinture que je fais du lac, n'est qu'une transposition de lieu, qui m'a été inspirée par les souvenirs des bords délicieux de celui d'Anneci.

Je ne dirai qu'un mot sur le sujet de cet ouvrage; c'est qu'il ne faut pas perdre de vue que l'espace que je parcours, est trop resserré pour s'attendre à y trouver un ensemble complet de la riche et vaste collection des tableaux du printemps.

UN MATIN
DE PRINTEMPS.

POËME.

VIENS, préside à mes vers, Déesse du printemps!
Embellis de tes fleurs le sujet de mes chants;
Ainsi que nos vergers rends ma muse féconde.
Tout s'enflamme par toi, les cieux, la terre et l'onde;
Tout ressent tes bienfaits, tout chante ton retour:
Tu nous rends l'espérance, et les fleurs, et l'amour.
Mais, quand du monde entier tu pares la surface,
De l'espoir du succès ranime mon audace:
Fais puiser mes pinceaux dans ces riches couleurs
Dont tu peins la nature et colores les fleurs.
  Et toi dont le génie, aux rives du Permesse,
Du chantre de Mantoue égale la noblesse;
Toi qui chantas Cérès, les Faunes, les Sylvains,
Et l'humide Naïade et le Dieu des jardins;
Toi qui donnas l'essor à ma muse craintive,
Qui charmas par tes chants mon oreille attentive,

4

DELILLE! en mes travaux, d'un regard généreux
Encourage ma verve et rallume mes feux.
Ne va point, m'arrêtant sur la scène champêtre,
Faire tonner la voix d'un redoutable maître:
Le champ que je parcours est soumis à ta loi,
Et ma muse ne peut que glaner après toi.
Ce n'est point des bosquets l'élégante parure,
Ni cet art qui, sans art, imite la nature;
Ni ces joyeux travaux que tes vers ont décrits,
Ni ces règnes savans que Lucrèce eût chéris:
Ma muse, trop timide en sa course première,
Ainsi n'eût point osé commencer sa carrière.
Frappée au seul aspect d'un matin de printemps,
Elle accorde sa lyre et commence ses chants.

Mais quel est mon délire, en ma fougueuse ivresse!
Insensé! puis-je donc oublier ma faiblesse,
Moi qui n'ai, pour prétendre à la célébrité,
Que les droits incertains de la témérité!
Ainsi la crainte parle et prédit les obstacles;
Mais ma verve est plus sûre, et j'en crois ses oracles.
Accroissez, mes périls; grondez, vents orageux;
Ma nef brave des flots le cours impétueux.
Ah! du moins, si du sort la secrète puissance
Sur le hardi nocher signalait sa vengeance,

Vous qui m'aurez des bords sur l'abîme aperçu,
Hélas! si sur la rive un seul débris reçu,
De mon vaisseau brisé rappelle la mémoire,
Songez que mon audace est fille de la gloire.

Quand le taureau céleste amène dans nos champs
Et la feuille naissante et l'oiseau du printemps;
Quand du tribut des monts les fleuves se grossissent,
Que des chants du berger les échos retentissent,
Hémon, quitte l'asile où l'hiver rigoureux,
Ennemi des plaisirs, te renferme avec eux.
Toi qui, d'un vert bocage aimant la solitude,
Sus te faire des champs une douce habitude,
Viens, l'aquilon fougueux, compagnon des frimas,
Abandonne aux zéphirs nos fortunés climats;
L'arbre étale sa feuille, et le pré sa parure;
Déjà l'agneau bondit sur la tendre verdure;
Les trésors de Cérès verdissent les guérets,
Et l'aubépine en fleurs parfume les bosquets.
La nature à l'amour a soumis son empire.
Sylvain reprend sa flûte et Pindare sa lyre,
Philomèle sa voix; les feuillages mouvans
Articulent des sons que leur prêtent les vents;
Et ma muse, joyeuse au retour des abeilles,
D'accords harmonieux frappera tes oreilles.

Viens, courons nous placer au sommet d'un coteau
D'où l'œil puisse embrasser le ciel, la terre et l'eau :
Mais sur-tout qu'un bois sombre y vienne, sur nos têtes,
Agité par les vents, imiter les tempêtes;
Que l'oiseau matinal, des premiers feux du jour,
Sous son feuillage épais célèbre le retour.
Ce fut sur le sommet d'une verte colline (1
Que des nombreux humains Dieu plaça l'origine,
Et que l'œil étonné de nos premiers aïeux
S'ouvrit pour contempler et la terre et les cieux.
Ce fut là que, pétri d'une argile glacée,
Leur cerveau s'enflamma du feu de la pensée,
Quand le soleil naissant, s'élevant dans les airs,
Au matin du grand jour brilla sur l'univers;
Que la terre, au printemps, couverte de verdure,
Sortit, avec les fleurs, des mains de la nature.

Entends-tu s'élever ce léger bruissement
Qui trahit des rameaux l'onduleux mouvement?
Déjà l'heureux Zéphir, au-devant de l'Aurore,
Agite le feuillage où la nuit règne encore;
Déjà Scylla dans l'air fait entendre sa voix,
Et la sœur de Progné prélude au fond des bois.
Des astres dans les cieux s'éclipse la lumière,
Phœbé cache l'éclat de sa douce carrière,

Le ciel reprend l'azur dans la nuit confondu,
Et le faste des champs à nos yeux est rendu. (2
Les matins du printemps sont chers à la nature:
C'est au lever du jour que la tendre verdure,
Des progrès de la nuit déployant les trésors,
Pour embellir la terre augmente ses efforts.
Ah! si l'homme autrefois, dans sa simple innocence,
Du Dieu de l'univers te prêta la puissance,
Soleil! si son erreur t'éleva des autels, (3
Quelle erreur fut jamais plus digne des mortels!
Ainsi que ses regards sa raison éblouie
Te crut l'unique auteur des sources de la vie.
Quand ton feu créateur, réchauffant les climats,
Aux limites du monde eut banni les frimas,
Et que, couvert des fleurs qu'embellit l'espérance,
L'arbre, à tes doux rayons, préparait l'abondance,
Alors, à ton aspect, les faciles humains
Crurent voir sur ton char le maître des destins.
Tandis que du soleil l'éclatante lumière
Franchit de l'horizon la céleste barrière,
Un gaz léger s'élève, et, dans l'air répandu,
Sur la scène des champs demeure suspendu.
Mais bientôt dilaté par la chaleur naissante,
Le gaz flottant remonte en voûte transparente;

Avec l'air confondu, sous l'empire des cieux,
En flots brillans d'azur il se montre à nos yeux.
C'est alors que des champs la pompeuse étendue
Reparaît sans obstacle et charme notre vue.
Ainsi, docile aux traits des premiers feux du jour,
La rosée a quitté le terrestre séjour:
Le ciel est sa demeure; et, lorsque la nuit sombre
Étend sur l'univers les replis de son ombre,
Elle descend des cieux; et la naissante fleur,
De sa perle ondoyante aspire la fraîcheur.
Mais tandis qu'elle fuit sous la voûte azurée,
Le papillon léger et l'abeille dorée,
Confondus dans les champs au gré de leurs désirs,
Y cherchent leur pâture ou de nouveaux plaisirs.
L'une pour les humains recueille l'ambroisie;
D'inconstance et d'amour l'autre se rassasie:
L'abeille, humble et modeste, utile en ses travaux,
Se livre sans relâche à des efforts nouveaux,
Quand l'heureux papillon, d'une oisive opulence,
A ses yeux de son luxe étale l'élégance.
Contemple ces vergers et ces antiques bois
Que la main de l'hiver dépouilla tant de fois,
Où le joyeux printemps, sur des flots de verdure,
Parsème de ses fleurs l'odorante parure.

En vain l'acier tranchant émonde leurs rameaux,
Mille jets vigoureux détruisent ses travaux:
La branche, plus robuste, élève ses feuillages,
Et la fleur sur la fleur parfume les ombrages.
Vois l'odorant lilas et l'amandier fleuri,
L'or brillant du genêt et l'olivier chéri;
La vigne dont le pampre annonce les largesses,
Et le fruit que Lucullle unit à nos richesses, (4
Confondre et rassembler sur ce vaste tapis
Les nuances du prisme et la blancheur du lis.
  Tantôt, sous l'humble aspect d'une agreste parure,
Un bosquet tient de l'art les traits de la nature;
Tantôt un bois touffu, riche enfant du hasard,
Offre à nos yeux trompés l'élégance de l'art.
Vois ces rians vallons et ces plaines fleuries,
Ces fertiles coteaux et ces riches prairies,
Ces ceps, noués par l'âge et noircis par le temps,
Éclater de jeunesse et se jouer des ans.
Déjà l'orme aux bergers prodigue son ombrage;
Déjà du peuplier s'agite le feuillage;
Le chêne spacieux étale ses rameaux,
Et le saule léger balance sur les eaux.
Par-tout le doux printemps s'empresse de sourire;
L'abeille sur le thym déja pétrit la cire;

Tout est paré de fleurs ou couvert de gazons:
Zéphir est dans la plaine et Flore sur les monts.
  Ici, près du verger, naît la forêt superbe;
Le pin couvre la vigne et voit fouler la gerbe; (5
Là l'olivier s'élève au milieu des guérets,
Et le chêne des monts couronne les sommets.
La prairie a ses fruits, le chaume a son ombrage;
Des fentes du rocher croît le figuier sauvage;
Le pompeux marronier à l'entour des créneaux
Prolonge avec orgueil ses superbes rameaux:
Des climats de l'Asie aux rives de la Seine (6,
Sa fleur de nos zéphirs vint embaumer l'haleine.
Fier de sa noble taille, il affronte les vents
Et se montre le roi des ombrages des champs.
Tels, au milieu des flots, sur leurs bases profondes,
S'élèvent ces rochers qui dominent les ondes,
Où le hardi marin descend le cœur joyeux,
Las de ne voir jamais que les mers et les cieux.
  Là du sommet des monts un éternel feuillage
Vient de l'humide plaine ombrager le rivage;
Et, quand les vents fougueux font écumer les eaux,
Le pin mêle sa voix au bruit rauque des flots.
Le pêcheur sous cette ombre où le zéphir l'appelle,
S'endort sur le duvet de la mousse nouvelle;

Et, tandis qu'il se livre aux douceurs du sommeil,
Son filet nourricier sèche aux traits du soleil.
Un lac orne des champs la riche perspective :
Tantôt l'ombre des bois serpente sur sa rive ;
Tantôt le cep descend du sommet des coteaux
Et le pampre courbé se mire dans les eaux.
Là, dans le pur cristal de son onde mouvante,
De l'humble toit s'étend l'image transparente.
Ici c'est un verger, plus loin de verts sillons,
Une vaste prairie, ou de sombres vallons.
Au-delà de ces flots une forêt profonde
Couvre de ses rameaux la surface de l'onde :
Le lac s'enfonce et fuit sous ce feuillage épais ;
Il va sur d'autres bords baigner d'autres guérets.
En vain brille sur nous l'ardente canicule,
La forêt ne reçoit qu'un faible crépuscule ;
Et, tandis que du jour l'astre brûlant nous luit,
Philomèle s'y trompe et célèbre la nuit.
Faune a de ce bocage ordonné la verdure :
Sa main sait d'un portique imiter la structure ;
Ce champêtre architecte élève des arceaux,
Taille la pyramide et s'ouvre des créneaux :
De colonne en colonne il tresse des guirlandes ;
L'humble berceau se cache en des voûtes plus grandes.

L'oiseau du Capitole et le cygne argenté
Chérissent de ce bois la douce obscurité :
Tantôt, plongés dans l'onde, au fond des eaux limpides,
Ils poursuivent du lac les habitans timides ;
Tantôt, loin du rivage ou nageant sur ses bords,
Le flot léger s'étend sous le poids de leur corps.

Vois ce cercle de monts qui couronne la plaine :
De fertiles vallons interrompent sa chaîne :
L'un vomit de son sein l'impétueux torrent,
De l'autre un clair ruisseau s'échappe en murmurant ;
Et lorsqu'en nos climats la brûlante Érigone
Dessèche le feuillage et l'espoir de l'automne ;
Quand tout est embrasé des ardeurs du soleil,
Et que l'homme accablé s'abandonne au sommeil ;
Quand la plaine est déserte et les sources taries,
Que les bœufs languissans ont quitté les prairies,
Le sinueux vallon, malgré les feux du jour,
Ouvre un libre passage aux zéphyrs d'alentour.
Déjà sur le niveau de la plaine de l'onde
Que soulève des vents l'haleine vagabonde,
Du rivage désert où le surprit la nuit,
Un navire reprend la route qu'il poursuit ;
L'Eurus enfle sa voile, et les rames actives
Ne pressent point en vain les ondes fugitives :

Le pilote joyeux, l'œil fixé sur les flots,
Excite par ses chants l'ardeur des matelots;
Tout cède à leurs désirs, et la nef passagère
N'est bientôt plus au loin qu'une tache légère.
Puissent, de ces mortels secondant les efforts,
Les Dieux rendre à leurs vœux l'objet de leurs transports!
Puissent-ils, revoyant les champs de la patrie,
Chacun d'eux retrouver une épouse chérie!
Et toi, sombre rocher qu'environnent les mers,
Toi, qui perces l'abîme et caches dans les airs
De tes antiques pins la cime verdoyante,
Lieu sacré! prête-moi ta tristesse éloquente.
Écarte ton feuillage et découvre à mes yeux
Du tombeau qui n'est plus les restes précieux:
Ces ruines jadis renfermèrent la cendre
D'un trop malheureux père et du fils le plus tendre.
Des climats étrangers, sur l'empire des eaux,
Myrtile rapportait le fruit de ses travaux.
Déjà, sur l'horizon, tel qu'un lointain nuage,
Ses yeux de son berceau découvraient le rivage.
Assis près du vieillard qui lui donna le jour,
Il chantait son amante et pressait son retour.
Tout-à-coup dans le ciel le noir orage gronde;
De sourds mugissemens se prolongent sur l'onde;

La nuit hâte du jour la mourante clarté,
Et, d'un rapide vol, répand l'obscurité.
Les nuages, errant au gré de la tempête,
Semblent des champs de l'air s'arracher la conquête.
Au tumulte des flots, tous les vents à-la-fois
Mêlent les sifflemens de leurs bruyantes voix.
La foudre en longs éclats se roule dans la nue;
L'onde courbe en plongeant sa cime suspendue
Jusqu'au fond de l'abîme, où les flots séparés
Font entrevoir des mers les gouffres ignorés.
  Et cependant Myrtile, en cette nuit fatale,
Oublie et son amour et la terre natale;
Pour lui-même insensible, il n'invoque les cieux
Que pour les tristes jours d'un père vertueux:
« Grand Dieu! sauvez, dit-il, sauvez-nous du naufrage;
» Que je meure en touchant au propice rivage
» Où j'aurai mis mon père à l'abri du danger;
» Mais daignez, juste Dieu, daignez le protéger!
» Un autel est le prix que ma reconnaissance
» Aux bords hospitaliers vous consacre d'avance. »
Ainsi priait Myrtile. Hélas! sa faible voix
Peut-elle du destin faire changer les lois?
Soudain la foudre éclate, et la nef enflammée
Jusqu'au sein de l'abîme est bientôt consumée.

Alors, n'écoutant plus qu'un effort généreux,
Il saisit son vieux père, et d'un bras vigoureux
L'entraîne dans les flots, le soutient sur les ondes,
Et nage d'une main sur les vagues profondes.
O fils infortuné! l'espoir te guide en vain:
Espères-tu toucher au rivage lointain?
La nuit, l'affreuse nuit ne découvre à ta vue
Que l'effrayant abîme où l'onde descendue
Te replonge avec elle, et, soulevant ses flots,
Te ramène expirant sur l'écume des eaux.
Hélas! à tes désirs unissant l'espérance,
En vain tu crois des flots surmonter l'inclémence.
Mais c'en est fait, l'espoir abandonne ton cœur.
Déjà de tes efforts se ralentit l'ardeur;
Déjà ton bras se lasse et ton fardeau t'accable.
Myrtile succombait sous la vague indomptable,
Si, du fond de la nue, errante au sein de l'air,
La foudre, en éclatant, n'eût fait briller l'éclair
Sur les bords ténébreux de cette île déserte,
Sur ce morne rivage où sa tombe est ouverte.
Aussitôt il s'écrie: « O Dieu! je touche au port!
» O mon père! » et d'un roc sa main saisit le bord.
Mais d'écueils hérissés l'île par-tout bordée,
Par les flots bouillonnans au loin est inondée:

En vain son bras robuste embrasse le rocher;
De cet appui glissant l'onde vient l'arracher.
Vingt fois la mer l'enlève au fortuné rivage;
Vingt fois son corps sanglant a rougi son passage;
Lorsqu'enfin d'un vieux chêne abattu dans les eaux,
Myrtile sous sa main rencontre les rameaux:
Cet appui le seconde, et cette île étrangère
Voit expirer le fils dans les bras de son père.
Infortuné vieillard! près du triste cercueil,
Bientôt, avec tes ans, la mort finit ton deuil.
Ce fils te dut le jour, il t'a donné sa vie:
Puisse, dans tous les temps, sa mémoire chérie,
De tant de fils ingrats faire rougir le front,
Et son nom les couvrir d'un éternel affront.
La crainte et le respect entourent ce rivage
Où Myrtile expirant te sauva du naufrage;
Et lorsque l'aquilon fait bouillonner les flots,
L'erreur croit de son ombre entendre les sanglots.
Le printemps règne en vain dans ce lieu solitaire;
En vain de ses vergers l'automne est tributaire:
Au rameau suspendu le fruit sèche et périt,
Et Zéphyre, des fleurs se détourne interdit.
Heureux, cent fois heureux le berger dont la vie
S'écoule dans les champs de sa chère patrie!

Il trouve le bonheur sur le sommet des monts,
Dans la verte prairie et les sombres vallons;
Joyeux dans sa cabane où la nuit le rappelle,
Il s'endort dans les bras d'une épouse fidelle;
Souverain du ménage, il tient le gouvernail,
Et la gaité préside aux soins de son bercail.
Par ses nombreux troupeaux il compte ses richesses;
Du Ménale il reçoit les paisibles largesses;
Et dans son innocence il nous rappelle encor
Ces temps, ces heureux temps, ces jours de l'âge d'or,
Où du monde par-tout les habitans sans nombre,
Sous l'arbre du bonheur se reposaient à l'ombre;
Où la justice, oisive au milieu des mortels,
Laissait rouiller son glaive au pied de ses autels.
Ainsi chantait ma muse, amante des bocages,
Tandis que le printemps ramenait les ombrages,
Et que Flore, en ses mains préparant les couleurs,
Nuançait la verdure et colorait les fleurs.
Adieu, sensible Hémon, la fortune indocile
Me rappelle à l'instant aux ennuis de la ville.
Adieu, sommet superbe, adieu, riche coteau
Où m'a muse a tracé ce champêtre tableau:
Puisse à jamais le ciel, ami de tes feuillages,
Loin d'eux pousser la foudre et bannir les orages;

Sans cesse sur ta cime animer le printemps ;
Et consacrer ton nom dans les fastes des champs !
Adieu, rians séjours, ô retraites chéries !
Bocages embaumés; et vous, vertes prairies;
Heureux et frais vallons, vous, limpides ruisseaux ;
Rivage où de la mer viennent mugir les flots:
Quand pourrai-je, domptant la fortune obstinée,
De mes ans près de vous couler la destinée,
Et dès l'aube naissante, aux derniers feux du jour,
Enivré de plaisir, vous chanter tour-à-tour.

NOTES.

1) Ce fut sur le sommet d'une verte colline
Que des nombreux humains Dieu plaça l'origine.

S'IL n'est pas évident que le berceau du genre humain ait été placé, ainsi que je le dis, au sommet d'une colline, du moins est-il certain qu'une telle position était convenable à l'être qui, sortant de la nuit du chaos, n'ouvrait les yeux que pour contempler le magnifique spectacle de l'univers naissant. Une grande partie de ce vaste tableau eût été perdue pour les regards du père des humains, si la scène de sa création avait été placée dans un lieu moins à découvert. D'ailleurs, comme cela ne change rien aux traditions sacrées, j'ai cru pouvoir mettre à profit le privilége accordé à la poésie.

2) Et le faste des champs à nos yeux est rendu.

O poésie ! que ta voix est faible auprès des sublimes sensations que fait naître dans notre ame l'aurore d'une des belles journées du printemps ! Un charme magique accompagne par-tout les premiers rayons de l'aube printanière : la plaine, les vallons, les sommets des plus hautes montagnes, tout brille de jeunesse; par-tout la verdure naissante efface les souvenirs des tristes jours d'hiver; la nature appelle les voluptés de l'amour. Un mélange délicieux des plus doux parfums, une haleine légère, un souffle fécond semble craindre encore d'effleurer les tendres bourgeons de la feuille qui va éclore: c'est alors que des chants inconnus à l'âpre saison des frimas remplacent la sombre et longue monotonie des jours nébuleux de l'hiver. O vous dont la lyre fait retentir au sein des cités les délicieuses inspirations des champs, dites-nous si vous avez pu rendre, dans l'effort de votre génie, toute la force du sentiment qui vous possédait!

3) Soleil ! si son erreur t'éleva des autels,
Quelle erreur fut jamais plus digne des mortels !

De toutes les erreurs du paganisme, le culte du Soleil est sans contredit le plus excusable. Si l'homme a pu élever des autels aux végétaux que ses mains avaient plantés; si le sang romain, malgré la terreur de son nom, est répandu pour venger la mort involontaire d'un animal méprisable, comment l'homme, avant de descendre jusqu'à ces viles superstitions, ne se serait-il pas prosterné devant le père du jour! Qui mieux que cet astre éclatant dut offrir à ses regards les caractères essentiels de la divinité? La magnificence le devance à l'horizon du matin et l'accompagne encore au-delà des portes humides du couchant : l'œil étonné ne peut résister aux vifs rayons de sa lumière éblouissante; les saisons enchaînées à son char suivent dans les cieux sa marche éternellement périodique; par-tout son aspect répand la chaleur et la fécondité; et, tel qu'un dieu tutélaire, il semble ne se montrer à nos yeux que pour verser l'abondance sur la terre et veiller sur ses nombreux habitans.

C'est ainsi que le plus éclatant des astres dut s'offrir aux premiers regards de l'homme. Mais un Dieu qui n'est que bienfaisant, ne pouvait suffire à l'imagination d'un être qui porte en lui-même le germe de toutes les passions : soudain des nuages groupés s'élèvent du sein des mers; le soleil se voile, l'orage éclate, la foudre gronde, et la chaumière de l'homme épouvanté n'est plus à ses yeux qu'un triste monceau de cendres! Aussitôt la terreur ne lui montre, dans tout ce qui vient de le frapper, que les effets de la vengeance du Dieu qui se cache à ses regards : des autels s'élèvent, et le sang des victimes coule pour apaiser le Dieu colère!

4) Et le fruit que Lucullé unit à nos richesses,

Les premiers plants de cerisier furent apportés par Lucullus, à son retour de l'expédition contre Mithridate; ce fut à Cérasonte, ville principale du Pont, qu'il trouva cet arbre, qui conserve encore le nom du lieu d'où il fut apporté.

5) Le pin couvre la vigne et voit fouler la gerbe.

Le pin est très-commun en Provence : il n'est pas rare d'y voir l'épi suivre les sinueuses lisières des forêts résineuses, ni de rencontrer, sur-tout aux environs de Marseille, au milieu des vignes et des champs consacrés aux moissons, de ces délicieuses pinèdes (*), où l'amour trouve un asile, l'homme sensible de douces rêveries, et le poëte le délire de l'inspiration.

Il n'est peut-être pas inutile de dire ici, pour l'intelligence du dernier hémistiche de ce vers, qu'en Provence on ne bat point les gerbes, mais qu'on les fait fouler sur des aires par des bêtes de somme.

(*) *Pinède.* On appelle ainsi en Provence un petit bois planté de pins.

6) Des climats de l'Asie aux rives de la Seine,

Le marronier d'Inde n'est connu en Europe que depuis environ trois siècles; il est originaire de l'Asie septentrionale.

FIN.

www.ingramcontent.com/pod-product-compliance
Ingram Content Group UK Ltd.
Pitfield, Milton Keynes, MK11 3LW, UK
UKHW021039260726
13994UKWH00005B/2244

9 782019 715649